寄李起居四韵

楚女梅簪白雪姿，前溪碧水凍醪時。雲罍心凸知難捧，鳳管簧寒不受吹。南國劍眸能盼眄，侍臣香袖愛僛垂。自憐窮律窮途客，正劫孤燈一局棋。

蘭溪 在蘄州西

蘭溪春盡碧泱泱，映水蘭花雨發香。楚國大夫憔悴日，應尋此路去瀟湘。

睦州四韵

州在釣臺邊，溪山實可憐。有家皆掩映，無處不潺湲。好樹鳴幽鳥，晴樓入野烟。殘春杜陵客，中酒落花前。

彙評：

近代·李慶甲《瀛奎律髓彙評》：紀昀：風致宜人。三、四今已成套，然初出自佳。六句不自然。結得淺淡有情。

秋晚早發新定

解印書千軸，重陽酒百缸。涼風滿紅樹，曉月下秋江。岩壑會歸去，塵埃終不降。懸纓未敢濯，嚴瀨碧淙淙。

除官歸京睦州雨霽

秋半吳天霽，清凝萬里光。水聲侵笑語，嵐翠撲衣裳。遠樹疑羅帳，孤雲認粉囊。溪山侵兩越，時節到重陽。顧我能甘賤，無由得自強。誤曾公觸尾，不敢夜循墻。豈意籠飛鳥，還爲錦帳郎。網今開傅燮，書舊識黃香。曾在史館四年。姹女真虛語，飢兒欲一行。淺深須揭厲，休更學張綱。

新轉南曹，未敘朝散，初秋暑退，出守吳興，書此篇以自見志

捧詔汀洲去，全家羽翼飛。喜拋新錦帳，榮借舊朱衣。且免材爲累，何妨拙有機。宋株聊自守，魯酒怕旁圍。清尚寧無素，光陰亦未晞。一杯寬幕席，五字弄珠璣。越浦黃甘嫩，吳溪紫蟹肥。平生江海志，佩得左魚[一]歸。

選注：

[一]左魚：唐代官員符節，以左魚給郡守，以右魚留郡庫，二者相合，以爲印信。

題白蘋洲

山鳥飛紅帶，亭薇拆紫花。溪光初透徹，秋色正清華。静處知生樂，喧中見死誇。無多珪組〔一〕累，終不負烟霞。

選注：

〔一〕珪組：玉圭與印綬。引申指爵位、官職。

題茶山

山實東吴秀，茶稱瑞草魁。剖符雖俗吏，修貢亦仙才。溪盡停蠻棹，旗張卓翠苔。柳村穿窈窕，松澗度喧豗。等級雲峰峻，寬平洞府開。拂天

聞笑語，特地見樓臺。泉嫩黄金涌，山有金沙泉，修貢出，罷貢即絶。牙香紫璧裁。拜章期沃日，輕騎疾奔雷。舞袖嵐侵澗，歌聲谷答回。磬音藏葉鳥，雪艶照潭梅。好是全家到，兼爲奉詔來。樹陰香作帳，花徑落成堆。景物殘三月，登臨愴一杯。重游難自克，俯首入塵埃。

不飲贈官妓

芳草正得意，汀洲日欲西。無端千樹柳，更拂一條溪。幾朵梅堪折，何人手好携。誰憐佳麗地，春恨却凄凄。

早春贈軍事薛判官

雪後新正半，春來四刻長。晴梅朱粉艷，嫩水碧羅光。弦管開雙調，花鈿坐兩行。唯君莫惜醉，認取少年場。

代吴興妓春初寄薛軍事

霧冷侵紅粉，春陰撲翠鈿。自悲臨曉鏡，誰與惜流年？柳暗霏微雨，花愁黯淡天。金釵有幾隻，抽當酒家錢。

八月十二日得替後移居雪溪館，因題長句四韻

萬家相慶喜秋成，處處樓臺歌板聲。千載鶴歸猶有恨，一年人住豈無情。夜涼溪館留僧話，風定蘇潭看月生。景物登臨閑始見，願爲閑客此閑行。

初冬夜飲

淮陽多病[一]偶求歡，客袖侵霜與燭盤。砌下梨花一堆雪，明年誰此憑欄干？

選注：

〔一〕淮陽多病：用漢代汲黯自喻。汲黯因直諫還淮陽太守，托病不任事。

栽竹

本因遮日種，却似爲溪移。歷歷羽林影，疏疏烟露姿。蕭騷寒雨夜，敲劼晚風時。故國何年到，塵冠挂一枝。

梅

輕盈照溪水，掩斂下瑶臺。妒雪聊相比，欺春不逐來。偶同佳客見，似爲凍醪開。若在秦樓畔，堪爲弄玉〔一〕媒。

選注：

〔一〕弄玉：秦穆公之女，嫁予簫史爲妻，日與吹簫作鳳鳴。

彙評：

《瀛奎律髓彙評》：查慎行：五、六二句，不必粘題，自成佳句。何義門：似齊、梁人小詩，氣力極大。落句自喻宜在天子左右也。

隋堤柳

夾岸垂楊三百里，祇應圖畫最相宜。自嫌流落西歸疾，不見東風二月時。

柳絶句

數樹新開翠影齊，倚風情態被春迷。依依故國樊川恨，半掩村橋半拂溪。

早雁

金河秋半虜弦開，雲外驚飛四散哀。仙掌[一]月明孤影過，長門[二]燈暗數聲來。須知胡騎紛紛在，豈逐春風一一迴？莫厭瀟湘少人處，水多菰米岸莓苔。

選注：

[一]仙掌：漢武帝曾于長安建章宫置金人承露盤，以祭仙人，求長生之道。

[二]長門：西漢時宫殿名，武帝陳皇后失寵後居于此。

彙評：

清·錢謙益等《唐詩鼓吹評注》：此言秋高弓勁，胡人將開弦以射雁，故驚飛四散而哀鳴也。

《貫華堂選批唐才子詩》：此詩慰諭流客，且安僑寓，時方艱難，未可謀歸也。前解追叙其來，後解婉止其去。

《唐詩箋注》：『仙掌』一聯，語在景中，神游象外，真名句也。

獨柳

含烟一株柳，拂地搖風久。佳人不忍折，悵望回纖手。

村舍燕

漢宮一百四十五，多下珠簾閉瑣窗。何處營巢夏將半，茅檐烟裏語雙雙。

彙評：

清·黃周星《唐詩快》：牧之多用數目字，盡饒別趣，算博士何嘗不妙。

近代·劉永濟《唐人絕句精華》：此詩似有李義府《咏烏》詩所謂『上林無限樹，不借一枝栖』之意。但末句寫得有情，不作失意語。昔人謂牧之俊爽，如此詩是也。

鶴

清音迎曉月，愁思立寒蒲。丹頂西施頰，霜毛四皓鬚。碧雲行止躁，白鷺性靈粗。終日無群伴，溪邊吊影孤。

鴉

擾擾復翻翻，黃昏颺冷烟。毛欺皇后髮，聲感楚姬弦。蔓壘盤風下，霜林接翅眠。祇如西旅樣，頭白豈無緣。

歸燕

畫堂歌舞喧喧地，社去社來人不看。長是江樓使君伴，黃昏猶待倚欄干。

還俗老僧

雪髮不長寸，秋寒力更微。獨尋一徑葉，猶挈衲殘衣。日暮千峰裏，不知何處歸。

將赴湖州留題亭菊

陶菊手自種，楚蘭心有期。遥知渡江日，正是擷芳時。

雲

盡日看雲首不回，無心都大是無才。可憐光彩一片玉，萬里晴天何處來？

題禪院

觥船一棹百分空，十歲青春不負公。今日鬢絲禪榻畔，茶烟輕颺落花風。

彙評：

《唐人萬首絕句選評》：寫出才人遲暮不遇，措語蘊藉。

清·翁方綱《石洲詩話》：小杜之才，自王右丞以後，未見其比。其筆力回斡處，亦與王龍標、李東川相視而笑。『少陵無人謫仙死』，竟不意觀此人。祇如『今日鬢絲禪榻畔，茶烟輕颺落花風』、『自説江湖不歸事，阻風中酒過年年』，直自開、寶以後，百餘年無人能道，而五代、南北宋以後，亦更不能道矣。此真悟徹漢魏六朝之底蘊者也。

題敬愛寺樓

暮景千山雪，春寒百尺樓。獨登還獨下，誰會我悠悠。

送劉秀才歸江陵

彩服鮮華覲渚宮，鱸魚新熟別江東。劉郎浦夜侵船月，宋玉亭春弄袖風。落落精神終有立，飄飄才思杳無窮。誰人世上爲金口，借取明時一薦雄。

見吳秀才與池妓別，因成絶句

紅燭短時羌笛怨，清歌咽處蜀弦高。萬里分飛兩行泪，滿江寒雨正蕭騷。

湖南正初招李郢秀才

行樂及時時已晚，對酒當歌歌不成。千里暮山重叠翠，一溪寒水淺深清。高人以飲爲忙事，浮世除詩盡强名。看著白蘋牙欲吐，雪舟相訪勝閑行。

哭韓綽

平明送葬上都門，紼翣交横逐去魂。歸來冷笑悲身事，喚婦呼兒索酒盆。

往年隨故府吳興公夜泊蕪湖口，今赴官西去，再宿蕪湖，感舊傷懷，因成十六韵

南指陵陽路，東流似昔年。重恩山未答，雙鬢雪飄然。數仞慚投迹，群公愧拍肩。駑駘蒙錦綉，塵土浴潺湲。郭隗黄金峻，虞卿白璧鮮。貔貅環玉帳，鸚鵡破蠻箋。極浦沉碑會，秋花落帽筵。旌旗明迥野，冠佩照神

仙。籌畫言何補，優容道實全。謳謠人撲地，鷄犬樹連天。紫鳳超如電，青襟散似烟。蒼生未經濟，墳草已芊綿。往事唯沙月，孤燈但客船。峴山雲影畔，棠葉水聲前。故國還歸去，浮生亦可憐。高歌一曲泪，明日夕陽邊。

懷鍾陵舊游四首（選三）

一謁征南最少年，虞卿雙璧截肪鮮。歌謡千里春長暖，絲管高臺月正圓。玉帳軍籌羅俊彦，絳帷環佩立神仙。陸公餘德機雲在[一]，如我酬恩合執鞭。

選注：

[一]陸公句：陸氏爲江東大族，陸機字士衡，陸雲字士龍，皆陸遜之孫。

滕閣中春綺席開[一]，《柘枝》[二]鼕鼓殷晴雷。垂樓萬幕青雲合，破浪千帆陣馬來。未掘雙龍牛斗氣，高懸一榻棟梁才。連巴控越知何有，珠翠沉檀處處堆。

選注：

[一]滕閣句：滕閣即滕王閣，唐滕王元嬰任洪州都督時建，并于此大宴王勃。

[二]柘枝：舞蹈名，亦舞曲名，由西域傳入。

十頃平湖堤柳合，岸秋蘭芷緑纖纖。一聲明月采蓮女，四面朱樓卷畫簾。白鷺烟分光的的，微漣風定翠湉湉。斜暉更落西山影，千步虹橋氣象兼。

彙評：

《唐詩箋注》：此賦湖上景色，宛成圖畫，風流俊逸，真是牧之本色。『斜暉』一結，煉句亦奇。

江上雨寄崔碣

春半平江雨，圓文破蜀羅。聲眠篷底客，寒濕釣來蓑。暗澹遮山遠，空濛著柳多。此時懷舊恨，相望意如何。

罷鍾陵幕吏十三年，來泊湓浦，感舊爲詩

青梅雨中熟，檣倚酒旗邊。故國殘春夢，孤舟一褐眠。搖搖遠堤柳，暗暗十程烟。南奏鍾陵道，無因似昔年。

商山麻澗

雲光嵐彩四面合，柔柔垂柳十餘家。雉飛鹿過芳草遠，牛巷鷄塒春日斜。秀眉老父對樽酒，茜袖女兒簪野花。征車自念塵土計，惆悵溪邊書細沙。

彙評：

清·趙臣瑗《山滿樓箋注唐詩七言律》：此詩字字古樸，字字新穎，又字字美麗；披之如身入桃源，雖竟日坐臥其中，不厭也。

《唐賢清雅集》：樸而彌雅，源出《國風》，非後人好書瑣事可比。

商山富水驛 驛本名與陽諫議同姓名，因此改爲富水驛

益戇由來未覺賢，終須南去吊湘川。當時物議朱雲[一]小，後代聲華白日懸。邪佞每思當面唾，清貧長欠一杯錢。驛名不合輕移改，留警朝天者惕然。

選注：

［一］朱雲：漢成帝時直臣，嘗斥丞相張禹爲佞臣，帝怒，欲斬之，他攀殿折檻，後幸免。

彙評：

宋・吳聿《觀林詩話》：杜牧之云：『杜若芳州翠，嚴光釣瀨喧』，此以『杜』與『嚴』爲人姓相對也。又有『當時物議朱雲小，後代聲華白日懸』，此乃以『朱雲』對『白日』。皆爲假對。雖以人姓名偶物，不爲偏枯，反爲工也。

題武關

碧溪留我武關東，一笑懷王迹自窮。鄭袖[一]嬌嬈酣似醉，屈原憔悴去如蓬。山墻谷塹依然在，弱吐强吞盡已空。今日聖神家四海，戍旗長卷夕陽中。

選注：

［一］鄭袖：楚懷王寵姬。曾說動懷王釋放張儀，又讒言放逐屈原。

漢江

溶溶漾漾白鷗飛，緑净春深好染衣。南去北來人自老，夕陽長送釣船歸。

彙評：

明·顧璘《批點唐音》：晚唐用字雖濃麗，不甚温厚，唯杜牧之似優柔，此作是也。

清·范大士《歷代詩發》：夕陽影裏，烟波淼淼。

襄陽雪夜感懷

往事起獨念，飄然自不勝。前灘急夜響，密雪映寒燈。的的三年夢，迢迢一綫縆。明朝楚山上，莫上最高層。

詠歌聖德，遠懷天寶，因題關亭長句四韻

聖敬文思業太平，海寰天下唱歌行。秋來氣勢洪河壯，霜後精神泰華獰。廣德者强朝萬國，用賢無敵是長城。君王若悟治安論，安史何人敢弄兵？

途中作

緑樹南陽道，千峰勢遠隨。碧溪風澹態，芳樹雨餘姿。野渡雲初暖，

征人袖半垂。殘花不一醉，行樂是何時？

赤壁

折戟沉沙鐵未銷，自將磨洗認前朝。東風不與周郎便，銅雀春深鎖二喬。

彙評：

《詩筏》：牧之此詩，蓋嘲赤壁之功出于僥幸，若非天與東風之便，則周郎不能縱火，城亡家破，二喬且將爲俘，安能據有江東哉？牧之詩意，……風華蘊藉，增人百感，此正風人巧于立言處。

《載酒園詩話》：小杜《赤壁》詩，古今膾炙，漁隱獨稱其好异……詳味詩旨，牧

之實有不滿公瑾之意。牧嘗自負知兵，好作大言，每借題自寫胸懷，尺量寸度，豈所以閲神駿于牝牡驪黄之外！

清·沈德潛《唐詩别裁集》：牧之絶句，遠韵遠神。然如《赤壁》詩『東風不與周郎便，銅雀春深鎖二喬』，近輕薄少年語，而詩家盛稱之，何也？

雲夢澤

日旗龍旆想飄揚，一索功高縛楚王[一]。直是超然五湖客，未如終始郭汾陽。

選注：

[一]一索句：指漢高祖劉邦以出游雲夢爲名，設計擒拿楚王韓信之事。

除官行至昭應，聞友人出官，因寄

賤子來千里，明公去一麾。可能休涕泪，豈獨感恩知。草木窮秋後，山川落照時。如何望故國，驅馬却遲遲？

泊秦淮

烟籠寒水月籠沙，夜泊秦淮近酒家。商女不知亡國恨，隔江猶唱後庭花。

彙評：

清・李鍈《詩法易簡録》：首句寫秦淮夜景。次句點明夜泊，而以「近酒家」三

字引起後二句。「不知」二字感慨最深，寄托甚微。通首音節神韵，無不入妙，宜沈歸愚嘆爲絶唱。

《詩境淺説續編》：《後庭》一曲，在當日瓊枝璧月之場，狎客傳箋，纖兒按拍，無愁之天子，何等繁榮。乃同此珠喉清唱，付與秦淮寒夜，商女重唱，可勝滄桑之感……獨有孤舟行客，俯仰興亡，不堪重聽耳。

題桃花夫人廟

細腰宫裏露桃新，脉脉無言幾度春。至竟息亡緣底事？可憐金谷墮樓人。

彙評：

明・敖英《唐詩絕句類選》：此以議論爲詩，訂千古是非，却與宋人聲調自別。

清・趙翼《甌北詩話》：杜牧之作詩，恐流于平弱，故措辭必拗峭，立意必奇辟，多作翻案語，無一平正者，方岳《深雪偶談》所謂『好爲議論，大概出奇立异，以自見其長』也……唯《桃花夫人廟》……以綠珠之死，形息夫人之不死，高下自見，而詞語蘊藉，不顯露譏訕，尤得風人之旨耳。

初春有感，寄歙州邢員外

雪漲前溪水，啼聲已繞灘。梅衰未減態，春嫩不禁寒。迹去夢一覺，年來事百般。聞君亦多感，何處倚欄干？

書懷寄中朝往還

平生自許少塵埃，爲吏塵中勢自迴。朱紱久慚官借與，白頭還嘆老將來。須知世路難輕進，豈是君門不大開。霄漢幾多同學伴，可憐頭角盡卿材。

寄崔鈞

緘書報子玉，爲我謝平津。自愧掃門士，誰爲乞火人。詞臣陪羽獵，戰將騁騈鄰。兩地差池恨，江汀醉送君。

初春雨中舟次和州橫江，裴使君見迎，李、趙二秀才同來，因書四韻，兼寄江南許渾先輩

芳草渡頭微雨時，萬株楊柳拂波垂。蒲根水暖雁初浴，梅徑香寒蜂未知。辭客倚風吟暗澹，使君迴馬濕旌旗。江南仲蔚多情調，悵望春陰幾首詩。

和州絕句

江湖醉度十年春，牛渚山邊六問津。歷陽前事〔一〕知何實，高位紛紛見陷人。

選注：

〔一〕歷陽前事：歷陽即和州，今安徽和縣。傳説其城曾一夕變爲湖。

題烏江亭

勝敗兵家事不期，包羞忍恥是男兒。江東子弟多才俊，卷土重來未可知。

彙評：

清·吴喬《圍爐詩話》：詩貴有含蓄不盡之意，尤以不着意見、聲色、故事、議論者爲上……露圭角者，杜牧之《題烏江亭》詩之『勝敗兵家未可期……』是也。然已開宋人門徑矣。

寄揚州韓綽判官

青山隱隱水迢迢，秋盡江南草未凋。二十四橋明月夜，玉人何處教吹簫。

彙評：

《唐詩選脉會通評林》：胡次焱曰：對草木凋謝之秋，思月橋吹簫之夜，寂寞之戀喧嘩，始不勝情。『何處』二字最佳。

《唐人萬首絶句選評》：深情高調，晚唐中絶作，可以媲美盛唐名家。

送薛種游湖南

賈傅松醪酒，秋來美更香。憐君片雲思，一棹去瀟湘。

汴河懷古

錦纜龍舟隋煬帝，平臺複道漢梁王。游人閑起前朝念，折柳孤吟斷殺腸。

汴河阻凍

千里長河初凍時，玉珂瑶珮響参差。浮生恰似冰底水，日夜東流人不知。

酬張祜處士見寄長句四韻

七子論詩誰似公，曹劉須在指揮中。薦衡昔日知文舉，乞火無人作蒯通。北極樓臺長挂夢，西江波浪遠吞空。可憐故國三千里，虛唱歌辭滿六宮。處士詩：故國三千里，深宮二十年，一聲河滿子，雙泪落君前。

寄宣州鄭諫議

大夫官重醉江東，瀟灑名儒振古風。文石陛前辭聖主，碧雲天外作冥鴻。五言寧謝顔光禄，百歲須齊衛武公。再拜宜同丈人行，過庭交分有無同。

題元處士高亭

水接西江天外聲，小齋松影拂雲平。何人教我吹長笛，與倚春風弄月明。

鄭瓘協律

廣文[一]遺韵留樗散[二]，鷄犬圖書共一船。自説江湖不歸事，阻風中酒過年年。

選注：

[一]廣文：唐代文人鄭虔，曾官廣文館博士，擅詩書畫，號「三絶」。

[二]樗散：無用之木。此句借指鄭瓘協律落拓江湖，不爲世所用。

送陸洿郎中弃官東歸

少微星動照春雲，魏闕衡門路自分。倏去忽來應有意，世間塵土漫疑君。

遣興

鏡弄白髭鬚，如何作老夫。浮生長勿勿，兒小且嗚嗚。忍過事堪喜，泰來憂勝無。治平心徑熟，不遣有窮途。

秋思

熱去解鉗釱，飄蕭秋半時。微雨池塘見，好風襟袖知。短髮梳未足，枕涼閑且攲。平生分過此，何事不參差。

途中一絶

鏡中絲髮悲來慣，衣上塵痕拂漸難。惆悵江湖釣竿手，却遮西日向長安。

春盡途中

田園不事來游宦，故國誰教爾別離。獨倚關亭還把酒，一年春盡送春時。

題村舍

三樹稚桑春未到，扶床乳女午啼飢。潛銷暗鑠歸何處，萬指侯家自不知。

代人寄遠六言二首

河橋酒旆風軟，候館梅花雪嬌。宛陵樓上瞪目，我郎何處情饒。

綉領任垂蓬髻，丁香閑結春梢。剩肯新年歸否，江南緑草迢迢。

閨情

娟娟却月眉，新鬟學鴉飛。暗砌匀檀粉，晴窗畫夾衣。袖紅垂寂寞，眉黛斂依稀。還向長陵去，今宵歸不歸。

舊游

閑吟芍藥詩，悵望久顰眉。盼眄迴眸遠，纖衫整髻遲。重尋春晝夢，笑把淺花枝。小市長陵住，非郎誰得知。

寄遠

隻影隨驚雁，單栖鎖畫籠。向春羅袖薄，誰念舞臺風。

簾

徒云逢剪削，豈謂見偏裝。鳳節輕雕日，鸞花薄飾香。問屏何屈曲，憐帳解周防。下漬金階露，斜分碧瓦霜。沉沉伴春夢，寂寂侍華堂。誰見昭陽殿，真珠十二行。

寄題甘露寺北軒

曾上蓬萊宮裏行，北軒欄檻最留情。孤高堪弄桓伊笛〔一〕，縹渺宜聞子晉笙〔二〕。天接海門秋水色，烟籠隋苑暮鐘聲。他年會著荷衣去，不向山僧説姓名。

選注：

〔一〕桓伊笛：桓伊爲東晉時吹笛名手，曾受王徽之邀于上元縣邀笛步吹笛。

〔二〕子晉笙：東周靈王太子晉，即《列仙傳》所稱王子喬，好吹笙，作鳳凰鳴。

彙評：

《五朝詩善鳴集》：此詩佳處在骨力，不在字句之間。

題青雲館

虬蟠千仞劇羊腸，天府由來百二强。四皓有芝輕漢祖，張儀無地與懷王。雲連帳影蘿陰合，枕繞泉聲客夢凉。深處會容高尚者，水苗三頃百株桑。

正初奉酬歙州刺史邢群

翠岩千尺倚溪斜，曾得嚴光〔一〕作釣家。越嶂遠分丁字水〔二〕，臘梅遲見二年花。明時刀尺君須用，幽處田園我有涯。一壑風烟陽羨裏，解龜〔三〕休去路非賒。

選注：

〔一〕嚴光：指東漢嚴子陵，曾拒光武帝之召，于富春山隱居垂釣。

〔二〕丁字水：即浙江東陽江，因形如丁字，故名。

〔三〕解龜：解去所佩的龜紐印綬，即辭官。

江上偶見絕句

楚鄉寒食橘花時，野渡臨風駐彩旗。草色連雲人去住，水紋如縠燕參差。

入商山

早入商山百里雲，藍溪橋下水聲分。流水舊聲人舊耳，此迴嗚咽不堪聞。

送隱者一絕

無媒徑路草蕭蕭，自古雲林遠市朝。公道世間唯白髮，貴人頭上不曾饒。

彙評：

《五朝詩善鳴集》：不磨之作，混入許渾集中。蒼深之氣，斷知非渾是牧。

題張處士山莊一絶

好鳥疑敲磬，風蟬認軋筝。修篁與嘉樹，偏倚半岩生。

贈別二首

娉娉裊裊十三餘，豆蔻梢頭二月初。春風十里揚州路，卷上珠簾總不如。

多情却似總無情，惟覺樽前笑不成。蠟燭有心還惜別，替人垂泪到天明。

彙評：

明·楊慎《升庵詩話》：劉孟熙謂，《本草》云：「豆蔻未開者，謂之含胎花。」言少而娠也。」……牧之詩本咏娼女，言其美而且少，未經事人，如豆蔻花之未開耳。此爲風情言，非爲求嗣言也。

《唐詩箋注》：曰「却似」，曰「唯覺」，形容妙矣；下却借蠟燭托寄，曰「有心」，曰「替人」，更妙。

《唐人絶句精華》：此二詩爲張好好作也……此詩有「娉娉裊裊十三餘」句，當是初與好好別時所作。前首言其美麗，後首叙別。「似無情」、「笑不成」，正十三齡女兒情態。

九日

金英繁亂拂欄香，明府辭官酒滿缸。還有玉樓輕薄女，笑他寒燕一雙雙。

寄牛相公

漢水橫衝蜀浪分，危樓點的拂孤雲。六年仁政謳歌去，柳遠春堤處處聞。

爲人題贈二首

我乏青雲稱，君無買笑金[一]。虛傳南國貌[二]，争奈五陵心。桂席塵瑶珮，瓊爐燼水沉。凝魂空薦夢，低珥悔聽琴。月落珠簾卷，春寒錦幕深。誰家樓上笛，何處月明砧。蘭徑飛蝴蝶，筠籠語翠襟。和簪抛鳳髻，將泪入鴛衾。的的新添恨，迢迢絶好音。文園[三]終病渴，休咏《白頭吟》[四]。

選注：

[一]買笑金：古稱文人狎妓所費的錢。隋江總詩：『三五二八佳年少，百萬千金買歌笑。』

[二]南國貌：謂南方妙齡美女。南朝宋·鮑照《蕪城賦》：『東都妙姬，南國麗人，蕙心紈質，玉貌絳唇。』

〔三〕文園：指司馬相如，與卓文君婚後，稱病閑居，拜爲孝文園令。

〔四〕白頭吟：《西京雜記》載，司馬相如欲納妾，卓文君作《白頭吟》以自絶，相如乃止。

緑樹鶯鶯語，平江燕燕飛。枕前聞去雁，樓上送春歸。半月縆雙臉，凝腰素一圍。西墻苔漠漠，南浦夢依依。有恨簪花懶，無寥鬥草稀。雕籠長慘澹，蘭畹謾芳菲。鏡斂青蛾黛，燈挑皓腕肌。避人勻迸泪，拖袖倚殘暉。有貌雖桃李，單栖足是非。雲軿載馭去，寒夜看裁衣。

盆池

鑿破蒼苔地，偷他一片天。白雲生鏡裏，明月落階前。

有寄

雲闊烟深樹，江澄水浴秋。美人何處在，明月萬山頭。

江樓晚望

湖山翠欲結蒙籠，汗漫誰游夕照中。初語燕雛知社日，習飛鷹隼識秋風。波摇珠樹千尋拔，山鑿金陵萬仞空。不欲登樓更懷古，斜陽江上正飛鴻。

吴宮詞二首

越兵驅綺羅，越女唱吴歌。宮燼花聲少，臺荒麋迹多。茱萸垂曉露，菡萏落秋波。無遺君王醉，滿城顰翠蛾。

香徑繞吴宮，千帆落照中。鶴鳴山苦雨，魚躍水多風。城帶晚莎緑，池連秋蓼紅。當年國門外，誰信伍員忠？

金陵

始發碧江口，曠然諧遠心。風清舟在鑒，日落水浮金。瓜步逢潮信，臺城過雁音。故鄉何處是，雲外即喬林。

即事

小院無人雨長苔，滿庭修竹間疏槐。春愁兀兀成幽夢，又被流鶯喚醒來。

薔薇花

朵朵精神葉葉柔，雨晴香拂醉人頭。石家錦障依然在，閑倚狂風夜不收。

懷紫閣山

學他趨世少深機，紫閣青霄半掩扉。山路遠懷王子晉，詩家長憶謝元暉。百年不肯疏榮辱，雙鬢終應老是非。人道青山歸去好，青山曾有幾人歸。

中途寄友人

道傍高木盡依依，落葉驚風處處飛。未到鄉關聞早雁，獨于客路授寒衣。烟霞舊想長相阻，書劍投人久不歸。何日一名隨事了，與君同采碧溪薇。

寓言

暖風遲日柳初含，顧影看身又自慚。何事明朝獨惆悵，杏花時節在江南。

懷歸

塵埃終日滿窗前，水態雲容思浩然。爭得便歸湘浦去，却持竿上釣魚船。

訪許顏

門近寒溪窗近山，枕山流水日潺潺。長嫌世上浮雲客，老向塵中不解顏。

春日古道傍作

萬古榮華旦暮齊，樓臺春盡草萋萋。君看陌上何人墓，旋化紅塵送馬蹄。

洛中二首（選一）

柳動晴風拂路塵，年年宮闕鎖濃春。一從翠輦無巡幸，老却蛾眉幾許人。

邊上聞胡笳三首（選一）

胡雛吹笛上高臺，寒雁驚飛去不回。盡日春風吹不散，衹因分付客愁來。

別懷

相別徒成泣，經過總是空。勞生慣離別，夜夢苦西東。去路三湘浪，歸程一片風。他年寄消息，書在鯉魚中。

漁父

白髮滄浪上，全忘是與非。秋潭垂釣去，夜月叩船歸。烟影侵蘆岸，潮痕在竹扉。終年狎鷗鳥，來去且無機。

秋夢

寒空動高吹，月色滿清砧。殘夢夜魂斷，美人邊思深。孤鴻秋出塞，一葉暗辭林。又寄征衣去，迢迢天外心。

秋晚江上遣懷

孤舟天際外，去路望中賖。貧病遠行客，夢魂多在家。蟬吟秋色樹，鴉噪夕陽沙。不擬徹雙鬢，他方擲歲華。

長安夜月

寒光垂静夜，皓彩滿重城。萬國盡分照，誰家無此明。古槐疏影薄，仙桂動秋聲。獨有長門裏，蛾眉對曉晴。

彙評：

《五朝詩善鳴集》：日月無私照，寫得廣大。如此杰作，足以籠罩群英。

春懷

年光何太急，倏忽又青春。明月誰爲主，江山暗換人。鶯花潛運老，榮樂漸成塵。遥憶朱門柳，别離應更頻。

金谷園

繁華事散逐香塵，流水無情草自春。日暮東風怨啼鳥，落花猶似墜樓人[一]。

選注：

[一]墜樓人：指西晋石崇的寵妾緑珠。趙王黨羽孫秀垂涎緑珠之美貌，求之不得，乃捕石崇，緑珠因自墜樓而死。

彙評：

《詩境淺説續編》：前三句景中有情，皆含憑吊蒼凉之思。四句以花喻人，以『落花』喻『墜樓人』，傷春感昔，即物興懷，是人是花，合成一凄迷之境。

隋宫春

龍舟東下事成空，蔓草萋萋滿故宫。亡國亡家爲顔色，露桃猶自恨春風。

江樓

獨酌芳春酒，登樓已半醺。誰驚一行雁，衝斷過江雲。

彙評：

《唐詩箋注》：獨酌傷春，登樓自遣，忽驚斷雁，又觸愁腸，神隨遠望，情緒彌深。祇以『獨酌』二字領起，妙。

旅宿

旅館無良伴，凝情自悄然。寒燈思舊事，斷雁警愁眠。遠夢歸侵曉，家書到隔年。湘江好烟月，門繫釣魚船。

聞蟬

火雲初似滅，曉角欲微清。故國行千里，新蟬忽數聲。時行仍仿佛，度日更分明。不敢頻傾耳，唯憂白髮生。

題吳興消暑樓十二韻

晴日登攀好，危樓物象饒。一溪通四境，萬岫繞層霄。鳥翼舒華屋，魚鱗棹短橈。浪花機乍織，雲葉匠新雕。臺榭羅嘉卉，城池敞麗譙〔一〕。蟾蜍來作鑒，蝃蝀引成橋。燕任隨秋葉，人空集早潮。楚鴻行盡直，沙鷺立偏翹。暮角淒游旅，清歌慘泬寥〔二〕。景牽游目困，愁托酒腸銷。遠吹流松韻，殘陽渡柳橋。時陪庾公賞，還悟脱煩囂。

選注：

〔一〕麗譙：壯美的高樓。譙，古代城門上所建樓，用于瞭望。

〔二〕泬寥：空虛幽静，開闊清朗。

南陵道中

南陵水面漫悠悠，風緊雲輕欲變秋。正是客心孤迥處，誰家紅袖憑江樓？

彙評：

《唐賢小三昧集續集》：近人有以詩意入畫者，恐未能盡其風景之妙。

《詩境淺説續編》：此詩純以輕秀之筆，達宛轉之思。首句咏南陵，已有慢櫓開波之致。次句咏江上早秋，描寫入妙。後二句尤神韻悠然。

歸家

稚子牽衣問，歸來何太遲？共誰爭歲月，贏得鬢邊絲？

咏襪

鈿尺裁量減四分，纖纖玉笋裹輕雲。五陵年少〔一〕欺他醉，笑把花前出畫裙。

選注：

〔一〕五陵年少：謂京城長安的富家子弟。五陵指長陵等漢代五個皇帝的陵墓，爲當時富豪聚居之地。

宮詞二首

蟬翼輕綃傳體紅，玉膚如醉向春風。深宮鎖閉猶疑惑，更取丹沙試辟宮。

監宮引出暫開門，隨例須朝不是恩。銀鑰却收金鎖合，月明花落又黄昏。

彙評：

宋·胡仔《苕溪漁隱叢話》：此絶句極佳，意在言外，而幽怨之情自見，不待明言之也。詩貴乎如此，若使人一覽而意盡，亦何足道哉！

《唐詩摘鈔》：情在景中。眼中看不得，在『銀鑰却收金鎖合』七字；心下過不得，在『月明花落又黄昏』七字。可謂極盡怨女之情者矣。

月

三十六宮秋夜深，昭陽歌斷信沉沉。唯應獨伴陳皇后，照見長門望幸心。

閨情代作

梧桐葉落雁初歸，迢遞無因寄遠衣。月照石泉金點冷，鳳酣簫管玉聲微。佳人刀杵秋風外，蕩子從征夢寐希。遙望戍樓天欲曉，滿城鼕鼓〔一〕白雲飛。

選注：

〔一〕鼕鼓：即街鼓，唐時京師街衢置鼓于小樓之上，以警昏曉。

遣懷

落魄江湖載酒行，楚腰〔一〕纖細掌中輕〔二〕。十年一覺揚州夢，贏得青樓薄幸名。

選注：

〔一〕楚腰：指美女的細腰。傳説楚靈王好細腰，宮人多餓死。

〔二〕掌中輕：《飛燕外傳》載，漢成帝皇后趙飛燕『體輕，能爲掌上舞』。

彙評：

五代·高彦休《唐闕史》：牧少雋，性疏野放蕩，雖爲檢刻，而不能自禁。會丞相牛僧孺出鎮揚州，辟節度掌書記。牧供職之外，唯以宴游爲事。

《唐人絶句精華》：才人不得見重于時之意，發爲此詩，讀來但見其傲兀不平之態。世稱杜牧詩情豪邁，又謂其不爲齷齪小謹，即此等詩可見其概。

嘆花

自恨尋芳到已遲，往年曾見未開時。如今風擺花狼藉，緑葉成陰子滿枝。

題劉秀才新竹

數莖幽玉色，曉夕翠烟分。聲破寒窗夢，根穿緑蘚紋。漸籠當檻日，欲礙入簾雲。不是山陰客，何人愛此君。

山行

遠上寒山石徑斜，白雲生處有人家。停車坐愛楓林晚，霜葉紅于二月花。

彙評：

《唐詩摘鈔》：次句承上『遠』字說，此未上時所見；三、四則既上之景。詩中有畫，此秋山行旅圖也。

《唐詩箋注》：『霜葉紅于二月花』，真名句。詩寫山行，景色幽邃，而致也豪蕩。

書懷

滿眼青山未得過，鏡中無那鬢絲何。祇言旋老轉無事，欲到中年事更多。

和宣州沈大夫登北樓書懷

兵符嚴重辭金馬，星劍光芒射斗牛。筆落青山飄古韻，帳開紅旆照

高秋。香連日彩浮綃幕，溪逐歌聲繞畫樓。可惜登臨佳麗地，羽儀須去鳳池游。

酬王秀才桃花園見寄

桃滿西園淑景催，幾多紅艷淺深開。此花不逐溪流出，晉客無因入洞來。

秋夕

銀燭秋光冷畫屏，輕羅小扇撲流螢。天階夜色涼如水，卧看牽牛織

女星。

彙評：

《注解選唐詩》：此詩爲宫中怨女作也。牽牛織女，一年一會，秦宫人望幸，至有三十六年不得見者。『卧看牽牛織女星』，隱然説一生不蒙幸，願如牛女一夕之會，亦不可得。怨而不怒，真風人之詩。

近代·王文濡《唐詩評注讀本》：此宫中秋怨詩也，自初夜寫至夜深，層層繪出，宛然爲宫人作一幅幽怨圖。

瑶瑟

玉仙瑶瑟夜珊珊，月過樓西桂燭殘。風景人間不如此，動摇湘水徹明寒。

聞角

曉樓烟檻出雲霄，景下林塘已寂寥。城角爲秋悲更遠，護霜雲破海天遥。

破鏡

佳人失手鏡初分，何日團圓再會君。今朝萬里秋風起，山北山南一片雲。

牧陪昭應盧郎中在江西宣州，佐今吏部沈公幕，罷府周歲，公宰昭應，牧在淮南縻職，敘舊成二十二韻，用以投寄

燕雁下揚州，涼風柳陌愁。可憐千里夢，還是一年秋。宛水環朱檻，章江敞碧流。謬陪吾益友，祇事我賢侯。印組[一]紫光馬，鋒鋩看解牛。井閭安樂易，冠蓋惬依投。政簡稀開閣，功成每運籌。送春經野塢，遲日上高樓。玉裂歌聲斷，霞飄舞帶收。泥情斜拂印，別臉小低頭。日晚花枝爛，釭凝粉彩稠。未曾孤酩酊，剩肯隻淹留。重德俄徵寵，諸生苦宦游。分途之絕國，灑泪拜行輈[二]。聚散真漂梗，光陰極轉郵。銘心徒歷歷，屈指盡悠悠。君作烹鮮用，誰膺仄席[三]求？卷懷能憤悱，卒歲且優游。去矣時難遇，沽哉價莫酬。滿枝爲鼓吹，衷甲避戈矛。隋帝宮荒草，秦王土一丘。相逢好大笑，除此總雲浮。

選注：

〔一〕印組：印綬。組，寬絲帶。

〔二〕輈（音舟）：車轅。古稱大車左右兩木直而平者謂之轅，小車居中一木曲而上者謂之輈。

〔三〕仄席：側坐。形容禮賢下士。

宣州開元寺贈惟真上人

曾與徑山爲小師，千年僧行衆人知。夜深月色當禪處，齋後鐘聲到講時。經雨緑苔侵古畫，過秋紅葉落新詩。勸君莫厭江城客，雖在風塵别有期。

不寢

到晚不成夢，思量堪白頭。多無百年命，長有萬般愁。世路應難盡，營生卒未休。莫言名與利，名利是身仇。

秋日

有計自安業，秋風罷遠吟。買山惟種竹，對客更彈琴。烟起藥厨晚，杵聲松院深。閑眠得真性，惆悵舊時心。

卜居招書侶

憶昨未知道，臨川每羨魚。世途行處見，人事病來疏。微雨秋栽竹，孤燈夜讀書。憐君亦同志，晚歲傍山居。

秋霽寄遠

初霽獨登賞，西樓多遠風。橫烟秋水上，疏雨夕陽中。高樹下山鳥，平蕪飛草蟲。唯應待明月，千里與君同。

秋晚懷茅山石涵村舍

十畝山田近石涵，村居風俗舊曾諳。簾前白艾驚春燕，籬上青桑待晚蠶。雲暖采茶來嶺北，月明沽酒過溪南。陵陽秋盡多歸思，紅樹蕭蕭覆碧潭。

新柳

無力摇風曉色新，細腰争妒看來頻。緑蔭未覆長堤水，金穗先迎上苑春。幾處傷心懷遠路，一枝和雨送行塵。東門門外多離别，愁殺朝朝暮暮人。

雁

萬里銜蘆别故鄉，雪飛雨宿向瀟湘。數聲孤枕堪垂泪，幾處高樓欲斷腸。度日翩翩斜避影，臨風一一直成行。年年辛苦來衡岳，羽翼摧殘隴塞霜。

惜春

花開又花落，時節暗中遷。無計延春日，何能駐少年。小叢初散蝶，高柳即聞蟬。繁艷歸何處，滿山啼杜鵑。

附：

舊唐書本傳

杜牧，字牧之。既以進士擢第，又制舉登乙第，解褐宏文館校書郎，試左武衛兵曹參軍。沈傳師廉察江西宣州，辟牧爲從事，試大理評事；又爲淮南節度推官、監察御史裏行，轉掌書記，俄真拜監察御史，分司東都。以弟顗病目，弃官。授宣州團練判官、殿中侍御史内供奉。遷左補闕、史館修撰，轉膳部、比部員外郎，并兼史職。出牧黄、池、睦三郡，復還司勳員外郎、史館修撰，轉吏部員外郎。又以弟病免歸。授湖州刺史，入拜考功郎中，知制誥。歲中，遷中書舍人。牧好讀書，工詩，爲文嘗自負經緯

才略。武宗朝，誅昆夷、鮮卑，牧上宰相書，論兵事。言胡戎入寇，在秋冬之間，盛夏無備，宜五六月中擊胡爲便。李德裕稱之。注曹公所定《孫武十三篇》，行于代。牧從兄悰，隆盛于時，牧居下位，心嘗不樂。將及知命，得病，自爲墓誌、祭文。又嘗夢人告曰：『爾改名畢。』逾月，奴自家來，告曰：『炊將熟而甑裂。』牧曰：『皆不祥也。』俄又夢書行紙曰：『皎皎白駒，在彼空谷。』寤，寢而嘆曰：『此過隙也。吾生于角，徵還于角，爲第八宫，吾之甚厄也。予自湖守遷舍人，木還角，足矣。』其年以疾終于安仁里，年五十。有集二十卷，曰《杜氏樊川集》，行于代。子德祥，官至丞郎。

唐書本傳

杜牧，字牧之，善屬文。第進士，復舉賢良方正。沈傳師表爲江西團練府巡官，又爲牛僧孺淮南節度府掌書記。擢監察御史，移疾，分司東都。以弟顗病，弃官。復爲宣州團練判官，拜殿中侍御史内供奉。是時，劉從諫守澤潞，何進滔據魏博，頗驕蹇不循法度。牧追咎長慶以來朝廷措置亡術，復失山東，鉅封劇鎮，所以繫天下輕重，不得承襲輕授，皆國家大事，嫌不當位而言，實有罪，故作《罪言》。其辭曰：『生人常病兵，兵祖于山東，羨于天下。不得山東，兵不可去。山東之地，禹畫九土曰冀州，舜以其分太大，離爲幽州、爲并州。程其水土，與河南等，常重十一二，故其人沈鷙，多材力，重許可，能辛苦。魏晋以下，工機纖雜，意態百出，俗益卑弊，人益脆弱，唯山東敦五種，本兵矢，他不能蕩而自若也。産健馬，下者日馳二百里，所以兵常當天下。冀州，以其恃强不循理，冀其必破弱；雖已破，冀其復强大也。并州，力足以并吞也。幽州，幽陰慘殺也。聖人因以爲名。黄帝時，蚩尤爲兵階，自後帝王多居其地。自周劣齊霸，不一世晋大，常傭役諸侯。至秦，萃鋭三晋，經六世乃能得韓，遂折天下脊；復得趙，因拾取諸國。韓信聯齊有之，故蒯通知漢、楚輕重在信。光武始于上谷，成于鄗。魏武舉官渡，三分天下有其二。晋亂胡作，至宋武號英雄，得蜀，得關中，盡有河南地，十分天下之八，然不能使一人渡河以窺胡。至高齊荒蕩，宇文取之，隋文因以滅陳，五百年間，天下乃一家。隋文非宋武敵也，是宋不得山東，隋得山東，故隋爲王，宋爲霸。由此言之，山東王者不得不爲王，霸者不得不爲霸，猾賊得之，足以致天下不安。

天寶末，燕盜起，出入成皋、函、潼間，若涉無人地。郭、李輩兵五十萬，不能過鄴。自爾百餘城，天下力盡，不得尺寸，人望之若回鶻、吐蕃，義無敢窺者。國家因之畦河修障戍，塞其街蹊。齊、魯、梁、蔡，被其風流，因以爲寇。以裏拓表，以表撑裏，混澒回轉，顛倒横邪，未嘗五年間不戰。生人日頓委，四夷日昌熾，天子因之幸陜，幸漢中，焦焦然七十餘年。運遭孝武，澣衣一肉，不畋不樂，自卑冗中拔取將相，凡十三年，乃能盡得河南、山西地，洗削更革，罔不能適。唯山東不服，亦再攻之，皆不利。豈天使生人未至于帖泰邪？豈人謀未至邪？何其艱哉！今日天子聖明，超出古昔，志于平治。若欲悉使生人無事，其要先去兵。不得山東，兵不可去。今者，上策莫如自治。何者？當貞元時，山東有燕、趙、魏叛，河南有齊、蔡叛，梁、徐、陳、汝、白馬津、盟津、襄、鄧、安、黄、壽春，皆戍厚兵十餘所，才足自護治所，實不輟一人以他使，遂使我力解勢弛，熟視不軌者無可奈何。階此，蜀亦叛，吴亦叛，其他未叛者，迎時上下，不可保信。自元和初至今二十九年間，得蜀，得吴，得蔡，得齊，收郡縣二百餘城，所未能得，唯山東百城耳。土地人户，財物甲兵，較之往年，豈不綽綽乎亦足自以爲治也。法令制度，品式條章，果自治乎？賢才奸惡，搜選置舍，果自治乎？障戍鎮守，干戈車馬，果自治乎？井閭阡陌，倉廪財賦，果自治乎？如不果自治，是助虜爲虜。環土三千里，植根七十年，復有天下陰爲之助，則安可以取？故曰：上策莫如自治。中策莫如取魏。魏于山東最重，于河南亦最重。魏在山東，以其能遮趙也，既不可越魏以取趙，固不可越趙以取燕。是燕、趙常取重于魏，魏常操燕、趙之命，故魏在山東最重。黎陽距白馬津三十里，新鄉距盟津一百五十里，陴壘相望，朝駕暮戰，是二津，虜能潰一，則馳入成皋，不數日間。故魏于河南亦最重。元和中，舉天下兵誅蔡，誅齊，頓之五年，無山東憂者，以能得魏也；昨日誅滄，頓之三年，無山東憂，亦以能得魏也。長慶初誅趙，一日五諸侯兵四出潰解，以失魏也；昨日誅趙，罷如長慶時，亦以失魏也。故河南、山東之輕重在魏，非魏强大，地形使然也。故曰：取魏爲中策。最下策爲浪戰，不計地勢，不審攻守是也。兵多粟多，驅人使戰者，便于守；兵少粟少，人不驅自戰者，便于戰。故我常失于戰，虜常困于守。山東叛且三五世，後生所見，言語舉止，無非叛也，以爲事理正當如此，沉酣入骨髓，無以爲非者。至有圍急食盡，啖尸以戰。以此爲俗，豈可與決一勝一負哉？自十餘年來凡三收趙，食盡且下。郗士美敗，趙復振；杜叔良敗，趙復振；李聽敗，趙復振。故曰：不計地勢，不審攻守，爲浪戰，最下策也。』

累遷左補闕、史館修撰，改膳部員外郎。宰相李德裕素奇其才。會昌中，黠戛斯破回鶻，回鶻種落潰入漠南，牧説德裕不如遂取之，以爲：『兩漢伐虜，常以秋冬，當匈奴勁弓折膠，重馬免乳，與之相校，故敗多勝少。今若以仲夏發幽、并突騎及酒泉兵，出其意外，一舉無類矣。』德裕善之。會劉稹拒命，詔諸鎮兵討之，牧復移書于德裕，以河陽西北去天井關强百里，用萬人爲壘，窒其口，深壁勿與戰。成德軍世與昭義爲敵，王元逵思一雪以自奮，然不能長驅徑擣上黨，其必取者在西面。今若以忠武、武寧兩軍，益青州精甲五千、宣潤弩手二千，道絳而入，不數月，必覆賊巢。昭義之食，盡仰山東，常日節度使率留食邢州，山西兵單少，可乘虛襲取。故兵聞拙速，未睹巧之久也。俄而澤潞平，略如牧策。歷黃、池、睦三州刺史，入爲司勛員外郎，常兼史職。改吏部，復乞爲湖州刺史。

逾年，以考功郎中知制誥，遷中書舍人。
牧剛直有奇節，不爲齪齪小謹，敢論列大事，指陳病利尤切至。少與李甘、李中敏、宋祁善，其通古今，善處成敗，甘等不及也。牧亦以疏直，時無右援者。從兄悰，更歷將相，而牧困躓不自振，頗怏怏不平。卒，年五十。初，牧夢人告曰：『爾應名畢。』復夢書『皎皎白駒』字，或曰：『過隙也。』俄而炊甑裂，牧曰：『不祥也。』乃自爲墓誌，悉取所爲文章焚之。
牧于詩，情致豪邁，人號爲『小杜』，以别杜甫云。

杜牧詩選

文華叢書書目

文華叢書書目

唐詩三百首（二冊）
唐詩三百首（插圖本）（二冊）
宋詞三百首（二冊）
元曲三百首（二冊）
千家詩（二冊）
人間詞話（套色）（二冊）
納蘭詞（套色、注評）（二冊）
杜甫詩選（簡注）（二冊）
李白詩選（簡注）（二冊）
詩品・詞品（二冊）
東坡詞（套色、注評）（二冊）
西廂記（插圖本）（二冊）
古文觀止（四冊）
世説新語（二冊）
夢溪筆談（三冊）
菜根譚・幽夢影（二冊）
菜根譚・幽夢影・圍爐夜話（三冊）
呻吟語（四冊）
陶庵夢憶（二冊）
閑情偶寄（四冊）
小窗幽紀（二冊）
浮生六記（二冊）
文心雕龍（二冊）
傳統蒙學叢書（二冊）
四書章句（大學、中庸、論語、孟子）（二冊）
近思録（二冊）
孫子兵法・孫臏兵法・三十六計（二冊）
老子・莊子（三冊）
管子（四冊）
墨子（三冊）
傳習録（二冊）
天工開物（插圖本）（四冊）
六祖壇經（二冊）
金剛經・百喻經（二冊）
山海經（插圖本）（三冊）
隨園食單（二冊）
曾國藩家書精選（二冊）
歷代家訓（簡注）（二冊）
經典常談（二冊）
絶妙好詞箋（三冊）
李清照集・附朱淑真詞（二冊）
樂章集（插圖本）（二冊）
笑林廣記（二冊）
花間集（套色、插圖本）（二冊）
宋詞三百首（套色、插圖本）（二冊）
東坡志林（二冊）
三字經百家姓千字文弟子規（外二種）（二冊）
辛弃疾詞（二冊）
格言聯璧（二冊）
戰國策（三冊）
白居易詩選（二冊）
搜神記（二冊）
詩經（插圖本）（二冊）
杜牧詩選（二冊）
秦觀詩詞選（二冊）

★爲保證購買順利，購買前可與本社發行部聯繫
電話：0514-85228088　郵箱：yzglss@163.com